모든 얼룩은 쓸쓸하다

反詩시인선 009

모든 얼룩은 쓸쓸하다

오은주 시집

시와반시

|차례|

|1부| 느닷없이

|2부| 노트

| 1부 |

느닷없이

바람도 곰팡이가 핀다

오래전
웅크려 있던 바람 한 줌이 멀미를 하고 있어

허한 속을 훑어
가슴 가득 굳은살을 채웠어

어지러워 허락 없이 굵어진
먼지의 곡선
흐트러져 비릿한 휘파람처럼 매달려 있어
문득
바람 속을 드나드는
곰팡이

거울과 마주 앉은
발가벗은 웃음소리가 슬퍼
낯장 마냥 가볍지

거짓말 같은 저녁들을 헤아려봐

씻기지 않을 얼룩처럼

바람 속 곰팡이는 여전히 피어 있어

먹먹한 것

벗이 누워있다는 연락이 왔다
심장 박동 수가 최고 속도로 올라간다
수척한 벗을 보는 순간
기억은 멀겋다

눈물은
주사 바늘 끝에
내려놓아 버렸다

먹먹하다

기어이 마중을 나온
벗의 얼굴이 온종일 아른 거린다

먹먹하다

네 주름은 몇 개에서 멈출 것 같니

긁적여 놓은
낙서 속
벗을 떠올릴수록

먹먹하다

벗이 건네주었던
페퍼민트 이파리 끝에
잔바람이 머뭇거리고 있다

먹먹하다

느닷없이 1

이별은 혼자 떠돌고 있다

찔레 꽃잎 이별이
느닷없이
여름 하늘로
흩어져
이별은 서늘하다

밤이 달아난 시간
꽃은 저 예쁜 줄 모르고 피었다 진다

그리운 눈빛은 숨길 수 없어
어쩌다 흐느끼는 소리가 들린다

누군가 바보라 불리겠다

느닷없이 바람은 불어

찔레꽃잎 흩어지는
하늘

이별은 혼자 떠들고 있다

느닷없이 2

어설픈 기억이 흩어져
흠집 가득한 너의 발자국은
흩어져 있어

발버둥 치던 상처는
이젠 없어

껍데기마저 재워 둔 악몽이 쉬어 간 밤
말라붙은 목소리는
상처가 됐어

사람들은 상처를 지우고
다시 상처를 채우고 있어

살아가는 날은
외로운 기억 만들기였지

느닷없이
흩어진 기억사이
끝 모를 숨소리가 새고 있어

너는 세상과 나란히 앉아 있기가 싫었던 거니

느닷없이 3

구름 한 점 없이 맑은 날
그런 날이 나를 묶어 버리지
으스러진 마음이
바라본 세상은
어쩜 진짜 일까

사실도 아닌 거짓 같은 사실들이
날마다 떠 다녀

술잔 앞 둘러앉은
지인들은
나를 가르칠 껍데기들

술잔이
퍼부었던 말들이 엎어져
발버둥 치다
얼룩진 하늘에 퍼졌어

느닷없이 별 하나가
와락 안겼어

종점에서

그대 어깨에 파리하게 떨리던 흔적이 있어

이따금 바람을 그리던 별은
어느 밤
가슴이 저며지고 있어
가로등이 입김을 불며
희미한 미로를 찾던 시간이 끝나고 있어
먼 기억을 찾아 다다른 흰 나비
지친 날개를 펼쳐
흐린 눈빛으로 낮 등을 바라보고 있어
인적 드문 오래된 빌딩 사이
묵혀진 그대의 기억에
머물러 앉은
오래된 별들은
흰 나비를 잊고 있었어

크락션

버스의 굉음이
간간히 다가섰다가 멀어졌다
때로는 좁혀오는 이야기를 펼친다

끝없이 넓어지는 평원이
내달리고
햇살사이
나무들이 걸어가고 있다

먼 곳의 초점은 늘어져
끝을 모를 불빛이 자라고 있다
이방인의 털어내지 못한 말끝
다가선 발걸음에
서서이던 두려움이
즐비한 눈빛으로 서 있다

길은 드물게 흐려져

정류장 모서리에
푸른 어스름으로 머물고 있다

어느 자정에 1

지하철 벤치에서 커피를 마신다

막 떠난 전동차는
멈춘 시간을 싣고
멈춘 시간 속으로 사라졌다

셔터는 내려지고
아린 기억의 얼룩이
불 밝힌 플랫폼

모든 얼룩은 쓸쓸하다

어느 자정에 2

어두워진 바닷가
젖은 그림자가 다가온다
저만치
나를 기다리는 발걸음
젖은 그림자 밖으로 사라진다
거리의 외등 마냥 쓸쓸한 바닷가

내일은 나를 버리는 날이다

늦잠

구름 기차를 탄다
바다를 찾아 떠난 햇살은 마냥 설레고 있다
산이 자러 오는 중이다
떠돌던
자장자의 뿌리들은 물결의 마찰로 흩어진다
밤을 지샌
허한 목소리를 붙들어 놓는다
꽃의 덜미가 늘어진다
붉은 방에 모여 앉은 잔가시가 채워진
벼랑 위 박물관은
이별을 전시 한다

밤을 수놓은 수막에 그슬린 분리대
섞여가는 줄 모르고 흐르는 시간위로
수줍은 고개는
빈 몸뚱이를 달랜다

토닥이는 그림자의 손짓은
아침을 뒤척이다
낯선 얼굴을 더듬는다

겨울로 가는 길

짙은 안개 속 뱃고동이 울고 있다

서늘한 가슴으로
도시를 헛딛는 발은
정막을 찾아 헤매고
물살을 흔들어 깨운
설익은 별
잠을 설친 새벽은
날을 잊은 채
굽힐 줄 모른다

켜켜이 쌓인 너의 말들은
떠돌던 모든 것을
뜨겁게 피어 올려
쇳물의 흔적으로 일렁이고 있다

멀리 잿빛으로 타는

안개의 비린내가 울렁거리면
눈시울은
사라진 거리의 신호등으로 남아 있다

숙취가 가시지 않는 밤
숨죽인 울음들이 터지지 못한 채
간절히 기다리고 있다

비를 맞는 순서

비를 맞는 순서가 있어
먼저
비오는 날 눈시울을 적셔
세상 모든 눈빛의 비밀까지 적셔

쇠 조각 제질 같은 냉기 서늘한 촉촉함이 입술에
닿았어
한동안 스민 비가 뼈 속까지 머물러
내 모든 것이 절실했던
너는
그날의 빗물마저 잊어버리는 것을

까맣게 잊은 바보가 낳은
까만 눈물
까만 비
일 분 같은 전쟁을 베껴놓은 사람들이 추적대는
저 소리

먼저 기다리는 비는 없어
외로운 눈과 마주치던 빗물도 외로워

왜 하늘만 보고 있었는지 조차 잊었어

먼지가 되는 시간

그리운 것은 하루로 쌓이고
수줍은 눈빛은
하얗게 질식한 이파리를
외등에 피워 올린다
떠난 이름들을 못 잊었다
처절한 죄를 간직한
입술과 심장이
빠르게 마르고 있다

숨 막히는 기다림은
흐린 햇살 속에서 무뎌 갔다

기억을 더듬어 본다
기울어진 달은
저 혼자 산이 되어 넘어가고
숨결의 테두리가 무너져 내린다

흩어졌던 먼지들이
보풀로
서서히 뭉치고 있다

겨울 새벽

겨울의 그늘은 오히려 뜨겁다
하늘은
모든 것을 비우고
빗방울의 흔적을 남기고 있다
외등을 딛고 선 바람의 얼굴
뜨락에 뒹굴던 잎사귀의 달음질에
여물어 지고 있다

달빛을 껴안은 고목의 등껍질에
은빛 고드름이
옛 이야기를 매달고
지친 그리움들을 헤아리고 있다

상처를 어루만져 줄 손짓은 달다
날이 새면 드리울
자명종의 노래
저녁을 밀어 올리면
그 뿐이다

겨울 스콜

날리는 눈발 사이
멈춰선 신호들이
어둠으로 떨어진다

산기슭을 껴안은
얼어붙은 안개의 그림자
옷깃을 여민
그림자를 품은 하늘이 아득하다

오랫동안 쏟아내던
비의 토사물
겨울은 긴 시간을 앓을 듯하다

빗소리가 산위에 쌓여간다
눈망울이 메마른 산 등줄기
긴 겨울동안
심장을 몰래 그리는 중이다

| 2부 |

노크

거미의 기억

기억은 뚜렷해 졌다

왜 외로움을 쫓고 있었는지
아침부터 늘어놓은 외로움이
이슬이 마르기 전
외로움의 끄트러미에서 무너지기 직전이라는
것을

먼 기억이 처량했던 건
게으름을 거들떠보려 하지 않는
늦가을 거미의
펼칠 수 없었던
설움이라는 것을

핏줄 같은 외로움을 이어나가는
숨 막히는 깊은 벽 속
두려움에 쌓인 눈물까지

서글픈 외로움을 기억하며 닫혀가는 것을

그것이 나였다는 것을

구토

길목이 구토를 한다
맵고 쌉쌀할 이야기를 섞어
맵고 쓸쓸한
어제 삼켰던 시간까지

저녁의 기억이 일어나고 있다
달군 길목으로
떠오른 이야기들이 들어간다

까맣게 타버린 이파리 사이로 날이 새고
쓸쓸한 토사물이
햇살을 부숴 몸을 일으킨다

구토가 일어난 시간이 감기고 있다
햇살을 주워 나르던 까마귀 떼가 모여들어
혼자 서럽던 구토를
가라앉힌다

껍질

어미 뱀은 알에서 나온 새끼들에게
방금 껍질을 먹였다

껍질은 세상이 길러낸 독의 기억이다
새끼들은 잡아먹히지 않을 때를 기다려
독을 분양 받는다
살아남은 새끼들이 껍질을 녹여
살아갈 길을 새긴다

껍질을 말리는 어미 뱀이 껍질의 귀퉁이를 먹고
있다
자란 껍질이 다시 자란다
다시 껍질을 토해내는 어미 뱀
껍질은 다시 자라
독의 기억을 토악질 한다
새끼들이 다시 삼킨 것 또한
껍질이 자라난 하루 일 뿐이다

손톱

손톱을 깎는다
손톱은 다시 자라
깎아 놓은 만큼 가벼워진다
갉아 먹을 날을 기다리는 쥐가
손톱을 찾고 있다
기억을 먹혀버린 머릿속
기억을 지운 손톱이 다시 자란다
손톱을 갉아 먹던 쥐가
들춰본 거울
자란 이야기는
거짓말이 되어 거리에 널려간다
쥐가 벗어 놓은
나이 살이 자라고 있다
머릿속
쉼 없이 떨궈질 날짜는 버려져
손톱처럼
나를 잊고 있다

무릎

오래된 그림자가 누워있는 방
일그러진 너의 모습은 서서히 흘러내려
빗물처럼
떠나려한다

하루를 걷는 것조차
버거울 때가 있다
홀로 남을 길이 점점이 늘어
아득하게 자라버린 시간의 숲
출구는
들어선 순간 사라지고 없다

너는 가늠할 수 없는 세월의 오선지를 그려왔다
엇갈린 연주가
막바지
스산한 발자국을 맞춰 간다

누군가
메마른 너의 마디를 어루만지려한다

다시 빗물처럼 떠나려한다

흔적1

비가 질척이고 있다
바닥에 찍힌 발자국
그 자취를 생각한다
옅은 그림자와 바람은 발 크기를 찾고
자국은 흙 입자가 오르내릴 길을 묻는다

두 개의 자국은
사슴이 앉아 있던 웅덩이
웅덩이는 달을 품은 민둥산으로 남는다
낮을 떠나보내고
닭은 밤을 깨웠다

낮은 밤마다 뒤집어 진다
발이 떠돌던 세상은
발을 날아오르게 하고

그 발은 너를 밟고 있다

흔적 2

어릴 적 내가 그렸던
무지개다리에는 더 이상 뿌리가 자라지 않는다
일곱 개의 색깔이 회색 거뭇한 얼굴로 남겨진 뒤
힘없이 무너져 내릴 날은 언제였을까

가고 싶은 길은 따로 없다
무지개의 머릿속은 덧칠하기 전 하얀 도화지
휘저어 놓은
상처가 아물고
둥근 동굴 속 갖가지 색깔에 이야기를 듣는다
외곽을 쓰다듬는 방문객의 소리가 들린다

무지개를 그리던 어린 날이
회색 그림자로 밀려가고 있다

프리즘

문득
그대를 훑고 있는 거울
머릿속을 들춰 꺼내는
빈 하늘의 뇌세포가
살며시 웃고 있다

웃음소리를 등기로 보내는
목청의 핏발에
기울여 잦아드는
늪을 찾지 못 한다
깊이를 헤아릴 수 없는
수면 위
흰 등에 매달린 겨울이 진다
벌거벗은 안개는 찾아온 도로를 훔쳐탄다
새벽과 땅거미의 일정이 끝난 뒤
거리의 저울이 기울고
반사는 시작된다

노크

두드린 문틈으로 경고음이 흐른다
손마디를 두드릴 때 마다
빈 가슴은 줄어든다

그림자가 메워지고 있다
한 모금의
기억을 콘센트에 연결한다
나지막이 녹아드는 숨소리
방안 가득
흐르고 있다

파란 심장이 두근거린다
그림자가 감겨있던
하늘을 당겨본다
온통 블루

파란 사인 펜 한 자루가

서성이고 있다

파란 심장이 두근거린다

동전

너의 무게는 길을 묻는다
주머니에서 놓쳐버린
체온에 찬바람이 쓸려오고
불어터진 꿈이 머무른 패스포트
영글던 손마디가
겨울 몸짓 마냥 떨린다

날이 흐리면
때 묻은 이야기들이
이따금 비에 씻겨 누렇게 바랜다

수많은 사람들의 눈망울이 쏟아진다
구름자락에 매달린 햇살이
기워진 시간을 비워 놓고 있다
호주머니를 훑고 있는
너의 흔적이 서서히 꿈틀댄다

페인팅

나의 원고 위로 벌레 하나 오르고 있어

가족이 보고픈 벌레가
종이에서 벗어난
다리하나가
잘려지는 두려움에 스며 들었어

시간이
오늘을 그리워한 행성만큼 멀리가고
사랑에 허기가 진
벌레의 가족이 껴안고 있어
흰색 물감이 발린 붓 사이
벌레들 발자국이 하얗게 걸어가고 있어

발자국이 웃고 있어
하얗게 칠한 벌레가 붓을 따라
시간을 겹겹이 덧칠하고 있어
그리움이 페인팅을 끝내고 있어

무기징역

우린 언제 창살을 부술 수 있을까
누군가 징을 치는 소리가 들려
명치끝을 부수고 있어
짝 잃은 신발이 가득한 옷장
고된 형기를 선고 받는 중 이었어

모두 비워진
허전한 심장은 싫어
온통 서툴렀던 것을 채웠던 전시장
부끄러움을 숨긴 채
숨어들어

끈적거리는 시작점이 아물면
쓰린 분노는 다시 일어
얽어맨 날은 갇혀 있어

잊었던 얼굴이
끝에서 머물고 있어

육아일기

마당이 어린 개를 키우고 있다

낯선 뉴스가 마당으로 들어오자
어린 개는 으르렁 댄다

다시 낯선 뉴스가 마당으로 들어온다
어린 개가 눈을 게슴츠레 떴다

어린 개는 저 보다 어설픈 건 으르렁 댄다
어린 개가 보는 마당엔 온통 입질 투성이다

오늘부터 어린 개가 마당을 키운다
낯선 뉴스는 들어올 때마다 쫓겨난다

멍석위로 버려질 뉴스가 수북이 쌓여간다
열병에 넘어가는 세상
벌겋게 물들여 숨고 싶은 네 얼굴

마당 한쪽에 밀어두어도 억울하다 말도 못한다

내일은 얼마나 떠들썩한 뉴스를 키울까
내일은 얼마나 떠들썩한 뉴스가 마당을 자라게
할까

소리의 집

은행잎에 누가 숨어 있어
소리로 물든다
짙은 눈동자는
그늘 문턱 괴고 앉은
음계를 더듬는다
음계를 익혀두는 잎새들
창문에 줄을 세운
음표 그림자에게 들려준다
높은 음자리는 박람회 준비를 한다
스코틀랜드의 킬트를 입은 사내들이 입장하고
은행잎의 저녁이 밀려든
인버네스 호수 위
노래를 흘려 보낸다
잊혀진 거대한 괴물 네스는
깊은 호수를 손짓하는
큐레이터의 옷깃을 새긴다
은행잎은 되돌아가

네스의 걸음을 만들지 않는다
노란 피의 흔적 지워질 때
새 하얗게 어두워진다

굿

점치는 할매가
아이를 키우는 굿을 한다

마른 강에 배를 띄워
낭떠러지를 짊어진 산으로 소를 몰아 올린다
무녀의 치마폭이 새벽을 접어 두었다
오색 장삼 장단에 혼령들이
아이를 찾아 나선다
어서 들어오라
어서 앉아 보렴
어두운 강에서
아이의 발소리가 멈춰 선다

거리를 가르는 아이의 손에 쥐어진 과자 봉지가
비어간다
세상은 아이를 닮은 인형들을 줄 지어
굿을 이어가고 있다

| 3부 |

민들레 옆에서

팬지꽃

얼굴이 천개
미인은 하나 없다

발밑 쇄기 풀의 눈망울이
녹아드는 들녘
노을을 담아 넣을
깊은 화분을 주워 든다

나를 둘러 앉은 팬지
옛날의 추억을 말리고 있다

얼음이 녹자
한층 늙어가는 꽃잎
그러니
사방이 고요하다

꽃잎이 앓을 때 마다 부서진 발자국들

꽃잎 몇 장마저 이젠 안녕
설익은 꽃잎 몇 장
펄럭이다
늦은 저녁 바람에 일렁인다

동백나무 그리움에 대하여

묵은 때 같은 그리움이 있다
고향
통로도 없다
그리움은
뒷동산 동백나무였다

그 나무 그늘에 그네를 매어
한번 즘 날아가 본 하늘
굵은 비 쏟아지는 길
그네를 버려두고 내려온 날
어머니는 먼 곳으로 가버린 후였다

며칠을 견뎌도
야윈 얼굴은
점점 얼룩져 갔다

어느 하늘에 그려 둔

단 한 장의 초상화
동백나무 그네에 매어둔
열 살

그날은 동백꽃이 모두 떨어졌다한다

눈꽃 필 때

그대 체온은
시린 설움이 된다
눈시울조차
아린 지난겨울의 기억
떨궈진 찬 꽃송이는
바람과 동행한
창백한 발길로 남는다

긴 건반의 눈금을 더듬는
피아니스트의
맑은 새벽
마주선 강 둔치에서
겨울을 버리고 떠난
제비 나비의 하루를 기린다
흐드러지게 피어난
싸늘한 데칼코마니가 지나간 거리
홀연히 걷다보면

익숙치 않은 이별이
쓸쓸히 서 있다

꽃 좋은 줄 모르고

철을 모르다
꽃 지는 걸 보고

봄 하늘에 쩍귀 새 적귀 저—귀
소리 늘어지다
그것이 꽃 부르는 소리인 줄 알았나

그 쩍귀 새 어미 무덤가에 우는 걸 듣고
그 소리가 봄 지나가는 소리 인 줄 알았다지

눈감는 순간까지 꽃구경 하다
누구는 꽃만 보면 눈물이 난단다

꽃 좋은 줄 알고 있니
꽃 눈물을 알아야 귀한 걸 알지

연못 1

굵은 빗줄기 날리는 밤
천둥은
물 속 깊이 목청을 잠겨 놓았다
그러니 물 밖은 서늘하다
쉴 새 없이 비껴선 물결 사이
맴돌던 물 맴이
빗줄기를 헤아리다
제 가슴이 저려온다

연못 2

달이 흘린 눈물 한줄기
술 삼아 들이 킨 소금쟁이
하루 새 혼자 늙었다
퍽이나 길었던 하루를 다독여
물결 위 주름을
저 혼자 펴고 있다

민들레 옆에서

누군가 떠난 길에
별의 씨앗을
뿌렸어

앓고 있던 별은 영글어
멈출 줄 아는
손짓을 가졌다면
그런 어여쁜 소란 하나 즘 들키지 않았으면

햇살이 스며든 이파리
오래토록 바라본 노란 눈망울에
조금의 눈물을 고여 놓고
부끄럽지 않은 고백을 하였으면

너는
그런 고요한 소란

하나 즘
가슴에 안고 있었으면 해

부채 선인장

난간 위
어설픈 손바닥이 흔들린다
잡을 곳 없는
반쯤 누운
휘어진 등줄기
작은 꿈길 속으로
쓸려간다

달이 앉은 창가에서 듣던
나지막한 풀잎 소리를 떠 올린다
더듬던 그림자는
더욱 더 먼 곳이다
가시 한 가닥 치우쳐
불볕보다 더 후끈한 통증이
쉴 새 없이 파고드는 몸뚱이 부둥켜안고

외로운 꽃망울 하나

기억 끝에 매어놓고
모든 것을 놓아버린 가시는
어느덧
사그라들고 있었다

화단의 시간

코스모스 한포기 나리 춤을 추고 있다

코스모스 저로서는
제 형체만 빌려 담은 빈 몸
몸 안엔 구월을 기다린
몸빛이
잡지 못한 시간 앞에
몸부림친다

어느 날
누군가 보았다
씨앗들을

떠난 씨앗들은 멈춰
코스모스 안에
나리꽃을 저장하기로 했다

흙은
모두 버려질 날을 기다린다

숲

지빠귀가 소라*마냥 속삭인다
구름의 농도는 짙어지고
곁가지에 싹이 움 튼다
계절을 알리던 북소리는
허물이 되어
거친 측백나무의 두 마디 다리를 세운다
이끼를 뒤집어 쓴 비석은
오래전 이끼를 떠 올린다
괭이 부리 말이
둥치에서 자란 시간을 키우고 있다

　오랜 떡갈나무는 뿌리가 누구였는지 알려 하지
않는다

* 꽹과리보다 작은 타악기

열한 살

비릿한
토끼풀 밭
닿을 듯
하늘 한 자락

뱅글 뱅글 맴돌며
그려본
구름 한 보따리

풀물 들까
풀꽃 다칠까
앉을까 말까

간드리
꽃 한 모퉁이
한껏 자지러진 웃음으로

가닥 엮은
고운 꽃 무렁
걸어주던 동무들이

열한 살 나를
붙들고 있다

늙은 나무

목이 메어 흐느끼던 너는
누군가 떠나보낸 기억을
아프게 새겨 넣는다

가슴에 안았던 이들의
애틋한 눈빛을 맞추어
시간을 물들인다

먼 곳을 걸어온 노인의
지친 발걸음을 본다

어린 날
행복했던 때를 떠 올린다
아픔을 견디며
떠나보낸 이야기
따사로운 날을
남겨둔 빛깔은
저만치 희미한 그림자로 일렁인다

| 4부 |

골목

장오의 꿈[*]

　암막 유리문 사이 늙은 장오와 어린 고양이가 마
주 섰다
　늙은 장오는 어린 고양이를 바라보다 멋쩍다 어
린 고양이가 노려보는 건 늙은 장오가 아닌 암막
유리문에 비친 자신의 모습이다 꼬리를 들었다 놓
기를 여러 번 장오와 유리문에 비친 고양이의 싸움
이 시작됐다
　늙은 장오가 짖는다
　어린 고양이가 천천히 꼬리를 휘 감는다
　늙은 장오의 처진 눈빛이 어린 고양이의 몸부림
속으로 조심스레 기어들어간다
　눈빛이 좁혀드는 어린 고양이
　유리 막에 비친 고양이와 헤어지는 아쉬움을 뒤
로 하고 장오가 바라보는 시계추는 요란하다
　댕 댕 댕
　늙은 장오는 어린 고양이가 떠난 뒤 혼자 남을

두려움에 꿈을 놓지 않으려 자명종 소리를 멀리 보내고 있다

댕 댕 댕

* 티베트고원이 원산지로 초대형 견

골목

누군가 찾아올 시간을 꾸민다
문득 바라본
눈시울
그대의 걱정을 사그라 줄
따스한 웃음이
담장에 서성인다

오래된 서점에 놓여있던
흐린 날이 새겨진
메모는 잊혀지고
즐겨봤을 신문은
며칠을 머물다 떠나간다

용서를 하지 않는
날이 선 목소리
아리게 스쳐간 떨림을 견딘
겨울나무 마냥

힘겨운 몸짓이 맴돈다

그대의 수줍은 포옹
지친 걸음 머물게 해줄
길모퉁이를 껴안고 떠나간
자국이 흔들린다

해녀

그녀는 물거품 색깔로 날씨를 읽는다

그녀가 물들인 바다는 파랬다
바다가 물들인 바다보다 더 파랬다
누구에게 배어 들지 않은
바다의 시간을
그녀는 온몸으로 여몄다

아무도 돌보지 않는 가슴 조여드는 소리

바다의 묘지 앞에
바다 산물들의 풍장을 올리는 그녀

눈물
흐드러진
햇살 쏟아지는 바다 밑을 다져
그녀가 춤춘다

숨 비 소리를 달래던 빈 섬들은
뭉클할 뿐이다

화로

너는 뜨겁지만 절실하게 움츠러 든다

낯선 몸뚱이를 부수는 불꽃
이를테면
불이 태어난 시간까지 메꾸고 있다
너는 익숙하게 사라질 후회는 만들지 않는다
더는 붉어질 수 없는
너를 깊게 파고든다
흙바닥에 남겨놓은 피 떡은
무뎌진
심장에 잠겼다

숱한 숨길을 넘나들었을 뜨거운 목소리들이
식어가는 잿더미 위
녹슨 너의 목젖은 서늘하다

말에게

어른이 되어버린 너는
어린 날의 기억도
서성이던 외로움도
아직 자라고 있다

모든 것이 간절한 너는 들판이 되려한다

너는 홀로 들풀을 삼키고
들녘이 풀을 키울 시간은 적적했다
오롯이 들녘의 풀은 혼자 자란다
풀은 뜯겨져도 자라고
너의 발자국은 밤에도 눕지 못한다
고삐가 쉬지 않고
밤을 달려야 했다

갈귀에서 자란 어둠을 쓰다듬던 새벽
들러붙은 동녘은
눈 감는 순간 없다

오래된 연습

칠흑의 적막속
아무도 짐작치 못할 그곳은
아버지의 늪이었다
갑판이 바다의 살결에 맞닿으면
닻은 바다를 휘저어 엎는다
아버지의 표류를 원지 않는 자식들이 바다의 소
용돌이 앞에서 무릎을 꿇는다
그것은 누구의 잘못도 아닌 오래전 익혀 두었던
연습이었다

아버지는 점점 먼 바다의 얼굴을 찾으려한다

닻은 더욱 처절하게
당겨오지 않는다
아버지의 지뢰에 밟힌 바다
물결은

물결 속 어떤 것도 아버지를 엮지 않았다한다
닻이 하소연 한다
아버지를 찾아 헤매던 자식은 나였었다고

풍향계

그대 나침반으로 매달려
흐트러진 벌판을 바라본다
거친 발등 위로
새벽이 스쳐가고
설익은 여름 저녁은
뜨거운 안개의 토사물을 쏟아낸다
쓰디쓴 입술은
속을 긁어낸 햇살의 살결로 채워
바늘 한자리 되돌아 갈 길을 몰라
제자리를 돌고 있다

가끔 행선지가 엇나가면
모든 것을 지워 버릴
바람
그대의 생각을 송두리째 앗아간다
여지없는 발걸음이
허우적거리다
터질 듯 휘돌고 있다

검투사

눈빛을 흔드는 날이 수없이 스쳐간다
들썩이는 숨소리가
스치는 양날로 일어서고
그믐의 달력을 들춰본 구걸의 시간이 멈춘다
물위로 떠오른
뜨거운 햇살의 휘날레
회오리 장단에 들썩 인다
오래전 잊혀진 자식들이
두려움을 발목에 매단 채 숨죽여 흐느낀다
아들의 표창은
분노를 썩히고
손등에 피어난
깔 끝의 신음으로 사라진다

삼키지 못한 노래는 벼랑에서
별이 되어 흩어진다
축축이 젖은 단검을 씻어 내린
숨결의 혀끝이 히미하다

시궁쥐

골목 어귀
붉은 눈의 쥐 한 마리
동공을 키우기 시작 한다
상처로 남은 흔들리는 이빨 한 개
물기가 흔건한 바닥을
깨물고 있다
어둠을 따라가는 발등
몸짓은 적막을 부수고 있다

어눌한 꼬리가 흐늘거려
서러운 부스러기를 쓸어안고 있다
눈시울은
서서히 감겨
어설픈 걸음으로 더디게 이어 진다

칠흑의 밤을 헤매는 발짓 탓에
오금이 절인

야위어 굽어진 다리가
웅덩이를 허우적 댄다
들려오는 차들의 굉음에
가슴이 서럽다

강에서

강이 새를 삼켰다
떠내려가는 새
젖은 옷가지 마냥 쳐져 있다

강을 사랑한 새는
강을 먹고 살았다
그러다
강은
떠나는 새를 삼키고 또 삼키고
두려운 눈빛을 치켜들던
물길을
숨겼다

강의 농도가 희미해진 새들은
저마다 그리던 곳으로 간다
빠알간 발이 어여쁜 잠자리 노는 풀밭에
오래전 들었던 나지막한 울림으로

−휴우

그렇듯
새들이 떠나간 시간동안
강은
무엇이 되어 떠돌았을까

구름이 살아가는 방법

구름은 모여 사는 날이 없다

기억을 잃어버린
허물어진
수증기
흩어진 모양으로 남는다
떠나는 벽의 그림자들이
문짝을 헐어내고 있다
홀로 남은 진자리를 여밀
소리의 포말이 잠 들 때
달무리가 바람에 부서진다
헐벗은 지붕에 김이 서리고
기울어지지 않는
오후를 품은 어둠
멈추지 못하는 발자국이
닳아간다

낮은 소리는 언제나
낡은 구름들이 사는 곳에서 빛난다

허수아비

어스름이 내리는 빗길
그림자는 하얀 발자국을 남기고
걸음은 더디기만 하다
가끔씩 부표를 그리는 빗방울을 떠올려
헝겊 가득한 가슴에 안겨준다
서서히 삭혀지는 얼굴들
차갑게 식어가는 입김이
떨리는 심장을 달래고 있다
묶여버린 두발에
세상 이야기를 구겨 넣은
가슴 한 켠이 꿈틀댄다
하얗게 말라든 눈빛
텅 빈 밀짚이
서럽게 들어앉았다

아무도 지켜 봐 주지 않는 슬픈 얼굴이
혼자 남아 있다

몽골 가젤*

끝없이 달아나며
이어지는 이별
두려움을 사냥하는 방법이다

검푸른 어둠이 밀려든다

빗방울이 머무른 수풀
어머니 바위를 우러른**
가젤의 어미가
풀밭에서 늙어버린
바람의 살갗을 깁는다

짙은 젖 내음이
간절하다
처절한 몸부림으로 피어난
아기 풀 이파리에
달빛이 바라고 있다

먼 곳으로
더욱 먼 곳으로
물러가는
발굽소리

어둠은 서서히 걷히고 있었다

* 사슴의 종류로 몽골지역에서 서식함
** 몽골지역에 세워져 있는 어머니 모습을 한 바위

가을 산사에서

잎 새들이 깊은 계곡으로 떨어져
그런 모습이 끝도 없이 흩어져
형체가 어디로 가는 줄 모르는 것이
산은 안타까웠을 것이다

그래
잎 새가 계곡 끝으로 사라지기 전
산은 온 몸을 뒤척였는데
그럴 때 마다 잎 새들은
더 먼 곳으로 날아가려 하는 것이다

이른 새벽
산은
제 몸으로 잎 새를 꼭 껴안고
산 윗자리부터 비를 불러 들였던 것이다

독毒한 기억의 무한한 회귀

신상조(문학 평론가)

1.

『모든 얼룩은 쓸쓸하다』의 시적 출발은 '기억' 과 그 기억으로 말미암은 비애에 있다. 시집 제목의 '얼룩' 은 기억을 비유하는 표현이다. 그리고 오은주의 시에서 기억에 따른 비애의 정서는 시집 제목에 사용된 '쓸쓸하다' 와 같은 어두운 정서로 집약된다.

무릇 "시는 슬프다." 시에서의 슬픔은 흔히 인간 존재의 근원적 고독에 대한 실존주의적 인생 이해에서 비롯한다. 사랑의 상처나 소외, 죽음으로 인한 이별 등은 그 가시적 형태일 것이다. 그중에서도 오은주 시에서의 슬픔은 구체적인 원인이 '개별적 기억' 에 의한 것임이 뚜렷하게 드러난다. 그의 시는 주체의 내면에 집중할 뿐, 타인으로 확대되지 않는다.

오은주의 시를 문장이 아닌 어휘 단위로 분석했을 때,

'기억'이라는 단어가 나오지 않는 작품을 찾기가 힘들 정도로 그의 시는 기억이 주된 시적 대상이다. 그리고 환기된 기억에 대한 화자의 정서적 반응을 중심으로 시상이 전개된다. "먼 기억을 찾아 다다른 흰 나비"(「종점에서」), "아린 기억의 얼룩"(「어느 자정에 1」), "기억을 더듬어 본다"(「먼지가 되는 시간」), "기억은 뚜렷해 졌다"(「거미의 기억」), "저녁의 기억이 일어나고 있다"(「구토」), "껍질은 세상이 길러낸 독의 기억이다" 등등 시에서 '기억'이라는 단어는 무수히 출현한다. '기억'이 사용된 경우를 일일이 나열하기보다 찾을 수 없는 작품을 발견하기가 오히려 힘들 지경이다.

'기억'만큼 시에 자주 등장하는 '얼룩'이나 '흔적'이라는 단어 역시 그 함축적 의미가 '기억'과 동일한 선상에 놓인다. "아린 기억의 얼룩"(「어느 자정에 1」)이라는 표현에서 '기억'은 관형어의 포즈를 취하지만 실상은 주어의 자격을 갖는다. "켜켜이 쌓인 너의 말들은/ 떠돌던 모든 것을/ 뜨겁게 피어 올려/ 쇳물의 흔적으로 일렁이고 있다"(「겨울로 가는 길」)에서 '흔적'을 '기억' 이외의 다른 말로 바꿀 방법 또한 전무하다. '흔적'을 아예 작품 제목으로 취한 「흔적 1」과 「흔적 2」는 또 어떠한가. 전자의 '흔적'이 "바닥에 찍힌 발자국/ 그 자취를 생각"하는 일이라면,

후자의 '흔적'은 "어릴 적 내가 그렸던/ 무지개다리에는 더 이상 뿌리가 자라지 않는다"는 불모의 기억으로 가득하다. 화자가 마음의 귀로 듣고 있는 "둥근 동굴 속 갖가지 색깔의 이야기"는 아마도 "무지개를 그리던 어린 날"의 이야기일 터이나, 그 기억은 현재 "회색 그림자"의 흔적을 거느리고 있다. 이러한 면에서 '모든 얼룩은 쓸쓸하다'는 시집 제목은 주된 시적 대상과 화자의 정서를 고스란히 함의해 놓은 제목으로 손색이 없다. 『모든 얼룩은 쓸쓸하다』는 환기되는 것들이 불러일으키는 비극적 정서의 집적물이다.

어설픈 기억이 흩어져
흠집 가득한 너의 발자국은
흩어져 있어

발버둥 치던 상처는
이젠 없어

껍데기마저 재워 둔 악몽이 쉬어 간 밤
말라붙은 목소리는
상처가 됐어

사람들은 상처를 지우고

다시 상처를 채우고 있어

살아가는 날은
외로운 기억 만들기였지

느닷없이
흩어진 기억사이
끝 모를 숨소리가 새고 있어

너는 세상과 나란히 앉아 있기가 싫었던 거니
　　—「느닷없이 2」 전문

　하나의 단어가 반복적으로 사용되는 것은 오은주의 시
의 형식적 특징이다. 반복은 주제와 필연적인 연관성을 갖
는다. 그렇더라도 이 시는 유독 '기억'과 '상처'라는 단어
의 출현이 잦다. 시에서 기억과 상처는 '기억=상처'의 등
식을 갖는다. 화자에게 무언가가 기억난다는 것은 현재의
삶이 상처의 쓰라림으로 넘쳐난다는 말이다. 이는 영원히
벗어날 수 없는 무한 반복의 굴레로 화자를 구속한다. '상
처를 지우고 상처를 다시 채우는'일과, '살아가는 날은 외
로운 기억 만들기'는 동일한 의미를 지닌 문장의 변주된

반복이다. 깎인 손톱이 자라듯 기억은 영원히 재생되고, 화자의 고통 역시 끝나지 않는다. 다음의 시를 보자.

손톱을 깎는다
손톱은 다시 자라
깎아 놓은 만큼 가벼워진다
갉아 먹을 날을 기다리는 쥐가
손톱을 찾고 있다
기억을 먹혀버린 머릿속
기억을 지운 손톱이 다시 자란다
손톱을 갉아 먹던 쥐가
들춰본 거울
자란 이야기는
거짓말이 되어 거리에 널려간다
          —「손톱」 부분

시에서 망각되지 않는 기억은 깎아도 깎아도 다시 자라는 손톱으로 표현되고 있다. 기억의 회귀는 고통의 회귀이기도 하다. 문제는 기억을 망각하려는 의지, 즉 손톱을 깎는 행위의 부질없음이 아니라, 깎는 동기가 이율배반적이라는 사실이다. 시에서 손톱을 깎는 행위와 기억을 지우려는 노력은 일치하는데, 역설적이게도 기억을 지우려는 동력이 오히려 손톱을 자라게 한다. 그 비밀은 '손톱을 갈아 먹던 쥐가 들춰본 거울'에서 확인된다. 쥐가 거울 속에서 발견하는 것은 분열된 자신의 모습이자 나잇살이 불어나듯 자라있는 '거짓말'이다. 그리고 화자는 그 '거짓말'이 실상 "쥐가 벗어놓은" 것임을 고백한다. 이를 순차적으로 도식화하면 다음과 같다. 기억이 자란다. 기억은 곧 거짓말이다. 그것을 쥐가 갈아 먹는다. 쥐는 거짓말을 갈아 먹고 거짓말을 벗어 놓는다. 사방에 거짓말, 아니 사방이 기억이 널려 있다.

거울을 사이로 분열된 쥐는 손톱을 깎는 시적 주체와 갈아 먹을 손톱이 자라기를 기다리는 시적 대상으로 나뉜다. 무한히 재생되는 레코드판의 음악처럼, 손톱을 깎는 행위와 손톱을 기다리는 바람은 주체 안에 영원히 공존하는 것이다. 이는 기억이 사라지기를 바라면서도 바라는 그만큼의 크기로 기억에 집착하는 주체의 무의식을 반영한다. 요컨대 손톱이 가벼워지기를 바라는 주체와 손톱이 자라기를 기다리는 쥐는 이율배반적으로 하나이고, 쥐가 손톱을 갈아 먹는 것으로 손톱은 다시 자라며, 손톱을 갈아 먹은 쥐는 거울 밖에서 거울 속의 자신을 확인하는 것으로 이 무한의 악순환은 새롭게 시작한다.

2.

　오은주의 시에서 집요하게 감지되는 것은 기억과 관련한 정서적 반응이다. "문득/ 그대를 훑고 있는 거울/ 머릿속을 들춰 꺼내는/ 빈 하늘의 뇌세포"(「프리즘」)와 같은 구절은 간헐적으로 찾아오는 기억이 날카로운 충격을 동반함을 감각적으로 묘사한다. 기억은 때로 "우린 언제 창살을 부술 수 있을까/ 명치끝을 부수고 있어/ (중략) / 끈적거리는 시작점이 아물면/ 쓰린 분노가 다시 일어/ 얽어맨 날은 다시 갇혀 있어"(「무기징역」)라는 고백을 불러온다. 기억이 화자를 분노의 감옥에 가두어 버린 것이다. 먼저 기억은 화자에게 '무기징역'을 선고한 바 있다. 기억이 화자의 죄이고, 기억이 그의 유죄를 입증하며, 죄수를 처벌하기 위해 기억은 화자를 분노의 감옥 안으로 유폐한다. 여기에 그림자처럼 따라붙는 이별의 기억은 화자에게 덤이다. 기억은 "목이 메어 흐느끼던 너는/ 누군가 떠나보낸 기억을/ 아프게 새겨 넣는다"(「늙은 나무」)라며 수인인 화자를 울게 한다.

　하지만 슬픔이나 고통과 같은 정서적 반응은 기억의 징후일 뿐, 사건 사고로서의 기억 그 자체는 아니다. 시인은 개인적 서사를 일절 말하지 않거니와, 말하더라도 다른 이야기로써 에둘러 자신의 이야기를 들려준다. 시인이 기억의 입구를 봉인함으로써 실제적인 재현을 시도하지 않는 이유는, 과장되거나 윤색되기 일쑤인 문학적 재현을 불신하거나 자신의 내밀한 기억을 타인과 공유하기 꺼려해서가 아닐까. 그럼에도 불구하고 그가 가진 충격적인 기억 중 하나가 무엇인지를 감지해낼 수 있는 시가 있어 가져와 본다. 이 시는 평생 잊지 못할 '개인적 사건'과 사건 이후 지속되는 삶의 비애를 가장 진솔하게 드러내는 시이기도 하다.

묵은 때 같은 그리움이 있다
고향
통로도 없다
그리움은
뒷동산 동백나무였다

그 나무 그늘에 그네를 매어
한번 날아가 본 하늘
굵은 비 쏟아지는 길
그네를 버려두고 내려온 날
어머니는 먼 곳으로 가버린 후였다

며칠을 건더도
야윈 얼굴은
점점 얼룩져 갔다

어느 하늘에 그려 둔
단 한 장의 초상화
동백나무 그네에 매어둔
열 살

그날은 동백꽃이 모두 떨어졌다한다
　　　—「동백나무 그리움에 대하여」 전문

　그네를 타다 말고 비를 피해 집에 돌아온 '열 살' 아이
가 맞닥뜨린 건 어머니의 죽음이다. 누구라도 그러한 충격
적 사건은 차마 잊히지 않는 아픔이리라. 시는 장대비가 쏟
아지던 그날의 선명한 불행을 단 하나의 단어와 구로 이루
어진 행을 배치함으로써 복원하고 있다. 시의 1연 2행과 4
행, 그리고 4연의 4행을 이루고 있는 시어는 '고향', '그리
움', '열 살'이 전부다. 열 살 때 고향에서 어머니를 여의었
다. 어머니가 그립다. 여기에 어떤 슬픔의 수사가 더 필요
한가. 시간이 일방향적으로 흐르면서 '열 살'이었던 아이

는 이날의 기억으로부터 차츰 멀어진다. 멀어진 기억은 심화된 슬픔으로 화자의 내면 깊숙이 자리 잡는다.

이 시와 더불어 "한껏 자지러진 웃음으로// 가닥 엮은/ 고운 꽃 무령/ 걸어주던 동무들이// 열한 살 나를/ 붙들고 있다"라고 노래하는 「열한 살」 역시 고향을 배경으로 한다. 동무들과 어울리던 고향을 추억할 때만큼은 기억에 반응하는 화자의 정서가 부드럽고 서정적인 목소리를 띤다. 오은주의 시에서 열 살이나 열한 살 무렵의 기억은 아픔의 정서 너머 그리움의 정서가 공존한다는 점에서 특이하다.

그럼에도 불구하고 『모든 얼룩은 쓸쓸하다』에서 기억의 실체가 비교적 명료한 부분은 이상이 전부이다. 시집 전반에 걸쳐 '기억'과 관련한 이미지는 어둡고 무거우며, 앞선 두 작품을 제외한다면 기억의 형상화는 암시적인 비유로 그친다. 문제는 시에서의 기억이 끊임없이 재생되고, 대를 이어 유전된다는 사실이다. 다음의 시는 이 시집을 일관되게 관통하는 정서의 근원이 어디인가를 모호하게나마 누설한다. 어쩌면 오은주의 시의 슬픔은 보다 근원적이고 '독한' 상처에서 비롯하는 건지도 모른다.

　　어미 뱀은 알에서 나온 새끼들에게
　　방금 껍질을 먹였다

껍질은 세상이 길러낸 독의 기억이다

새끼들은 잡아먹히지 않을 때를 기다려

독을 분양 받는다

살아남은 새끼들이 껍질을 녹여

살아갈 길을 새긴다

껍질을 말리는 어미 뱀이 껍질의 귀퉁이를 먹고 있다

자란 껍질이 다시 자란다

다시 껍질을 토해 내는 어미 뱀

껍질은 다시 자라

독의 기억을 토악질한다

새끼들이 다시 삼킨 것 또한

껍질이 자라난 하루일 뿐이다

　　　—「껍질」 전문

　「껍질」은 독사가 독사를 낳는 것이 아니라 평범한 뱀이 독사로 길러진다고 암시하는 시다. 왜냐하면 어미 뱀이 새끼에게 먹이는 자신의 껍질은 '세상이 길러낸 독의 기억'이기 때문이다. '독하다'란 형용사의 어근이 '毒'임을 생각한다면 '독의 기억'이란 결국 '독한 기억'일 가능성이

높다. 독한 기억이란 무언가에 의해 훼손된 내면이 간직한 기억이다.

어미 뱀의 껍질을 먹고 자란 새끼들이 '독의 기억을 토악질하고 다시 삼키는' 연쇄의 형태는 다분히 비극적이다. '세상이 길러낸 독의 기억'은 어미 뱀에게 외부적 현실 보다는 내면적이고 순전히 주관적인 현실만을 바라보도록 고집할 터이다. 결과적으로 이 독한 기억을 간직한 사람의 내면은 본질적으로 벗어나기 어려운 함정을 거느린다. 독한 기억을 선사한 세상에 '내가 받은 그대로' 갚아주겠다는 원초적이고 맹렬한 분노가 그것이다. 하지만 그 분노의 종착지가 불행히도 세상이 아닌 자기 자신이거나, 부모가 아직 세상의 전부인 어린 자식일 가능성은 얼마든지 가능하다. 시는 "새끼들이 다시 삼킨 것 또한/ 껍질이 자라난 하루일 뿐"이라는 진술을 통해 '새끼'의 일상이 독한 기억에 잠식당한 어미의 가학적인 '자기 투영'에 지나지 않음을 단적으로 보여준다.

3.

오은주의 시를 읽는 일은 시어들이 직조해낸 의미를 파악하는 행위가 아닌, 시적 화자의 고독, 그의 슬픔, 끝내 행간의 여백으로 남겨진 채 드러나기를 거부하는 시인의 내면과 대면하는 일이다. 시인 개인의 심리적인 움직임을 거칠게 따라가 보자. 환기되는 기억으로 인한 세상은 화자에게 매우 고통스러운 것으로 여겨진다. 이 고통의 표정이 연약한 내면을 포장하기 위한 자기 방어로서의 자세이거나 자기만족적일 때, 시는 독자에게 연민의 대상이 될 수 있으나 공감의 대상으로까지 나아가지는 못한다. 그러나 『모든 얼룩은 쓸쓸하다』는 자기기만과 무관한 일관된 슬픔으로 특징지어져 있고, 참을 수 없이 반복되는 고통을 최대한 괄호 속에 넣으려는 억제된 신음이 시에 서정적 슬픔을 부여한다. 또한 시의 표피라고 할 재현이 내면의 풍경으로 시종일관 대체된다는 점에서 오은주의 시는 일상적 세목과 거리가 멀다.

그럼에도 기억은 언제나 여러 가지의 현실적 목록을 갖게 마련이다. 오은주의 시에서 기억은 사물이나 풍경을 시 속으로 곧장 끌고 들어온다. 기억이 풍경을 낳고, 풍경이 화자의 외로움과 슬픔을 즉물적으로 대체한다.

기억은 뚜렷해졌다

왜 외로움을 쫓고 있었는지
아침부터 늘어놓은 외로움이

이슬이 마르기 전

외로움의 끄트머리에서 무너지기 직전이라는 것을

먼 기억이 처량했던 건

게으름을 거들떠보려 하지 않는

늦가을 거미의

펼칠 수 없었던

설움이라는 것을

핏줄 같은 외로움을 이어나가는

숨 막히는 깊은 벽 속

두려움에 쌓인 눈물까지

서글픈 외로움을 기억하며 닫혀가는 것을

그것이 나였다는 것을

          ─「거미의 기억」 전문

거미줄은 거미의 몸에서 뽑아져 나온다. 마찬가지로 기억은 외부가 아닌 화자의 내부에 잠재하다 어떤 상황을 매개로 모습을 드러낸다. 이러한 발상에서 시작한 이 시는, 시상을 전개하는 방식이 거미줄을 짜는 거미의 방식을 따라간다. 화자인 거미는 기억이라는 실을 뽑는다. 시는 '기억이 또렷해진다.'고 말한다. 감정의 실을 뽑는다. 시는 '눈물이 난다, 외롭다.'고 고백한다. 화자인 거미는 외로움과 눈물의 실로 핏줄 같은 벽을 촘촘히 이어나간다. 그 벽에 갇히고 마는 것은 기억의 실로 벽을 쌓은 거미 자신이다. 거미, 아니 화자는 숨이 막힌다. 자신이 기억이라는 "숨 막히는 깊은 벽 속"에 갇혀 있음을 깨닫는다.

'기억'은 자아를 비추는 거울이다. 기억 앞에 단독자로 선 자아는 기억에 골몰한 나머지 스스로를 객관화할 여력이 없다. 외로움, 눈물, 처량 등의 단어가 거미줄에 맺힌 이슬처럼 시행마다 반짝이고 있음이 이를 증명한다. 일반적인 시에서 이처럼 감정이 걸러지지 않은 형태로 무수히 나열되는 법을 찾아보기란 힘들다. 애초에 시인은 이 시를 미학적으로 형상화할 의도 자체가 없었던 것이다. 시가 강조하는 것은 기억이 뽑아내는 거미줄 그 자체이고, 거미줄은 외로움, 눈물, 처량 등으로 표현되는 감정의 사물화로 직조된다.

오은주의 시에서 기억으로 인한 감정의 사물화는 실로 전방위적으로 일어난다. 기억 탓에 "길목이 구토를"(「구토」) 하고, '기억'은 "콘센트에 연결"(「노크」)되는 전원이며, "쇳물"(「겨울로 가는 길」), "보풀"(「먼지가 되는 시간」), "동전"(「동전」) 등의 일상적 사물로 다양하게 전시된다. "외로운   망울 하나/ 기억 끝에 매어놓고/ 모든 것을 놓아버린 가시"(「부채 선인장」)라고 표현된 '부채 선인장'은 기억의 메타포다. 나아가 "구름은 모여 사는 날이 없다// 기억을 잃어버린/ 허물어진/ 수증기/ 흩어진 모양으로 남는다"(「구름이 살아가는 방법」)에서는 '기억'이 '구름'을 흩고 살아가게 하는 중요한 요인으로 작용한다. 다음은 기억으로 말미암아 아예 화자가 말(馬)이 되어버린 시다.

어른이 되어버린 너는
어린 날의 기억도
서성이던 외로움도
아직 자라고 있다

모든 것이 간절한 너는 들판이 되려 한다

너는 홀로 들풀을 삼키고
들녘이 풀을 키울 시간은 적적했다
오롯이 들녘의 풀은 혼자 자란다
풀은 뜯겨져도 자라고
너의 발자국은 밤에도 눕지 못한다

고삐가 쉬지 않고
밤을 달려야 했다

갈귀에서 자란 어둠을 쓰다듬던 새벽
들러붙은 동녘은
눈 감는 순간이 없다
　　　—「말에게」전문

　화자는 어른이 되었지만 어린 날의 기억으로부터 자유
롭지 못하다. 자유롭기는커녕 어린 날의 기억과 당시에 느
꼈던 외로움은 날로 심해지고 있다. 기억이 불러오는 괴로
운 정서가 현실을 압도하는 데 화자는 근본적인 거부감을
드러내는 걸로 보인다. "모든 것이 간절한 너는 들판이 되
려한다"는 시행이 이를 반증한다. 문제는 이 모두가 유기
적이고 환원적이라는 사실이다. 시에서의 '들판'이 들녘
이 키운 들풀을 삼키는 '말'과 들판에서 홀로 자라는 '들
풀'과 구분되지 않거니와, "풀은 뜯겨져도 자라고" 있다는
진술로 봤을 때 들판의 풀은 화자의 '기억'과 무관하지 않
다.
　요약하자면 화자는 기억에서 해방된 말이 되어 자유롭
게 들판을 뛰놀기 꿈꾸나, "눈 감는 순간이 없"이 달려야만

하는 구속된 존재다. 기억은 깎아도 다시 자라는 손톱(「손톱」), 뜯겨도 다시 자라는 풀이다. 끝없이 회귀하는 부정적 기억이 삶의 비의를 낳는다. 이 연쇄적 회귀가 이번 시집에서 드러난 오은주 시의 특징이다. 그런즉 시에서의 '말(馬)'은 곧 '말(言)'이다. 비애의 정념으로 잠들지 못하는 말(言)이 배회하는 오은주의 시는, 시들지도 죽지도 않고 자라는 독초로 뒤덮인 벌판처럼 독한 기억으로 무성하다.

오은주의 시에서 기억은 부정적 삶의 근원으로, 숙명적이다. 기억은 세상을 바라보는 창이자 시적 자아의 내면을 비추는 거울로 작용한다. 그의 시는 환기된 기억의 지속과 소멸의 과정이 반복되는 데 대한 처절한 탐구라 할 수 있다. 그렇더라도 창작은 삶의 고통과 내면의 문제를 견디는 힘이다. 기억이 기억을 초극함으로써 화자가 "세상과 나란히 앉"(「느닷없이 2」)을 수 있을 때, 오은주의 시는 유폐된 기억의 감옥으로부터 스스로를 희망의 바깥으로 넉넉히 밀어 올리리라.

2020년 3월 20일 초판 1쇄

지은이 | 오은주
펴낸이 | 강현국
펴낸곳 | 도서출판 시와반시

등록 | 2011년 10월 21일 (제25100-2011-000034호)
주소 | 대구광역시 수성구 지산로 14길 83, 101-2408호
대표전화 | 053)654-0027
팩스 | 053)622-0377
E-mail | khguk92@hanmail.net

ISBN 978-89-8345-072-2 03800